AF457712

ÉPITRE

SUR

L'ESPÉRANCE,

QUI A REMPORTÉ LE PRIX DE LA VIOLETTE

à l'Académie

DES JEUX FLORAUX;

SECONDE ÉDITION,

Augmentée de Notes par Mr. le docteur PETIT, *médecin à Lyon;*

Et d'une Lettre de Mr. le docteur GRASSI, *médecin à Bordeaux.*

ÉPITRE

AU

DOCTEUR ALFRED G***,

SUR

L'ESPÉRANCE,

CONSIDÉRÉE DANS L'EXERCICE DE LA MÉDECINE,

Qui a remporté le prix, par le jugement de l'Académie des Jeux floraux,

Dans la séance publique du 3 mai 1811;

PAR J.-M. CAILLAU, D. M.,

Membre des Sociétés de médecine de Paris, Montpellier, Bordeaux, Lyon, Nancy, professeur des maladies des enfans, etc., etc.

Espérer c'est jouir.

A BORDEAUX,

DE L'IMPRIMERIE DE LAWALLE JEUNE,

ALLÉES DE TOURNY, N°. 20.

Mai 1811.

A M^r. V. DESEZE,

D. M. M.

Recteur de l'Académie impériale, correspondant de l'Institut, membre de la Société de médecine de Bordeaux, etc., etc.

Offert comme un faible tribut de la haute estime et du dévouement affectueux de l'auteur.

J.-M. CAILLAU.

Bordeaux, le 1er. *Mai* 1811.

PRÉFACE.

Il était véritablement humain, dit le docteur Petit, de Lyon (1), *celui qui le premier offrit l'illusion d'un remède trompeur à l'infortune abandonnée, et sut la rattacher à la vie par le charme de l'*Espérance, *quand l'art avait avoué l'impuissance de ses ressources. Que cet aveu fatal, ajoute-t-il, ne sorte jamais de la bouche d'un Médecin prudent ; il ne faut pas désespérer celui qui demande encore des conseils et des remèdes. Au physique comme au moral, il est une franchise cruelle dont les hommes ne veulent point, et la vérité, dont la connaissance doit leur être funeste, n'est pas celle qu'ils désirent. Les illusions sont les pavots de l'ame, et il faut en devenir prodigue quand c'est le seul moyen d'aider à supporter la vie.*

J'ai voulu exprimer en vers ce que Mr. le docteur Petit *a si bien exprimé en prose ; des faits tirés de ma*

(1) Voyez *Essai sur la médecine du cœur*, page 24, ouvrage où se montrent tout à la fois le Médecin savant, le Chirurgien habile, l'Homme sensible, l'Écrivain élégant, et le Poëte harmonieux.

pratique et de celle de plusieurs Médecins, confirmeraient aisément tout ce que cet éloquent et judicieux écrivain vient d'avancer, si les lecteurs ne sentaient pas tous au fond de leur cœur, que ces vérités n'ont besoin d'aucune démonstration.

Cet opuscule a obtenu les suffrages de l'illustre et antique Académie des Jeux floraux. Qu'il me soit permis d'insérer ici un extrait du rapport fait à cet égard par Mr. Poitevin, *secrétaire perpétuel de cette compagnie, et de le conserver comme un témoignage honorable, et en même temps comme un titre de noblesse littéraire, puisqu'il me place dans la famille de* Clémence Isaure, *nom cher aux amis des lettres, et que les habitans de l'Occitanie prononcent toujours avec enthousiasme et vénération.*

« *Depuis notre réunion* (à dit Mr. Poitevin, le 3 Mai,
» jour de la distribution des prix), *la Violette n'avait*
» *pas encore été directement remportée; aucun Poëme,*
» *aucune Épître n'avaient été couronnés, malgré la variété*
» *des objets que présentent l'histoire et la mythologie, la*
» *morale et les méditations philosophiques, l'élévation des*
» *idées, la profondeur, l'énergie et la douceur des senti-*
» *mens qui occupent, agitent et consolent le cœur humain;*
» *c'est un médecin de Bordeaux*, Mr. Caillau, *prési-*

» *dent de la Société de médecine, qui a fait cette*
» *conquête ; et son Épître, dont le sujet est pris dans*
» *la pratique de la médecine, est d'un intérêt très-tou-*
» *chant, et bien propre à faire sentir combien il est*
» *heureux de trouver dans son médecin, un ami de*
» *l'humanité, une ame sensible et compatissante* ».

En rappelant qu'Apollon préside à la médecine ainsi qu'à la poésie, Mr. Poitevin *a remarqué, avec l'expression du regret, que, dans la ville Palladienne, où tous les arts et toutes les sciences sont également en honneur, il ne s'est trouvé personne, depuis long-temps, qui ait cultivé à la fois la poésie et l'art de guérir, et que depuis* François Bayle, *qui fut l'un des premiers mainteneurs de l'Académie, compris dans la nomination de* 1694, *et qui mourut en* 1709, *on n'a vu aucun médecin dans la famille de* CLÉMENCE ISAURE.

ÉPITRE

AU DOCTEUR ALFRED G***,

SUR

L'ESPÉRANCE,

CONSIDÉRÉE

DANS L'EXERCICE DE LA MÉDECINE.

JEUNE et savant ALFRED, que le plus beau des arts
A long-temps retenu sur ces heureux remparts,
Où brillèrent Fouquet, et Barthès, et Lamure,
Sans doute, vous devez observer la nature,
Et, le scalpel en main, connaître ces ressorts,
Qui, de son livre auguste attestent les trésors.
Vous devez, au flambeau de la philosophie,
Interroger la mort pour conserver la vie,

Apprendre les vertus de tous ces végétaux
Que le ciel nous donna pour soulager nos maux,
Des systèmes divers dévoiler l'origine,
Ravir aux temps passés leur antique doctrine,
De ces nobles travaux garder le souvenir,
Par les traits du présent expliquer l'avenir,
Et, faisant chaque jour de nouveaux sacrifices,
Servir l'humanité, sans voir ses injustices.
L'art de guérir, ALFRED, comme les autres arts,
Compte aussi ses héros; les Duret, les Bouvarts;
Je le sais, et souvent, à travers mille obstacles,
Leurs disciples fameux enfantent des miracles,
Et, de l'homme mourant, éloignant le tombeau,
De ses jours presque éteints, raniment le flambeau.
Mais aussi, plus souvent, au temple d'Epidaure,
Est un Dieu sourd aux cris de celui qui l'implore.
Du fond du sanctuaire, entourant ses autels,
Je vois en foule entrer de crédules mortels;
Ils ont beau présenter leurs nombreuses offrandes,
Orner son front de fleurs, de festons, de guirlandes,
Lui prodiguer l'encens, célébrer ses bienfaits,
Il est des maux affreux qu'on ne guérit jamais!
Au savoir renfermé dans d'étroites limites,
A l'art trop impuissant, des bornes sont prescrites:
Noble fils d'Esculape, auprès de la douleur
Que dire alors?... Il faut faire parler son cœur,

Du bienfaisant espoir employer les mensonges,
Et, du mortel qui souffre embellir tous les songes.
Non loin de la demeure où siègent les humains,
Dans un temple élevé par d'invisibles mains,
Repose sur son trône une jeune Déesse,
Source de voluptés, féconde enchanteresse,
Recours de l'infortune, et délice des cœurs,
Les rêves séduisants la couronnent de fleurs;
Sa patrie est le ciel, son nom est l'Espérance!
Elle charme nos maux par sa douce présence,
Variant à son gré ses magiques effets,
Sous d'heureuses couleurs elle peint les objets;
Du malade et du pauvre embellit la retraite,
De loin, montre une palme au talent du Poëte,
Au Moissonneur ardent, les douceurs du repos,
La victoire au Guerrier, le port aux Matelots,
Et, pour tous les humains déployant ses richesses,
Est toujours jeune et belle, et fertile en promesses.
L'homme dans tous les temps, de ce flatteur espoir,
A besoin, cher Alfred, de sentir le pouvoir,
Et, lorsque la santé, les grâces du bel âge,
Sur son front tour à tour font briller leur image,
Et sur-tout, quand la fièvre, avec ses longs ennuis,
Vient troubler tout à coup le calme de ses nuits,
Ou que de maux cruels une suite nombreuse
Environne ses jours d'une horreur ténébreuse.

O consolant espoir ! que tes divins accens,
Pour le mortel qui souffre, ont de charmes puissans !
Eh ! qui ne connaît point ton pouvoir ineffable?
Le Médecin, sur-tout, comme un Dieu de la fable,
Sous mille aspects divers, et sous mille couleurs,
Peut t'offrir aux humains, le front paré de fleurs,
Et, de ce grand ressort, de sa douce influence,
Sur les êtres souffrans calculer la puissance.

Je m'en souviens encore : au printemps de mes jours,
Léon d'un art savant implorait le secours :
Cent hivers ont blanchi sa tête vénérable ;
Vaincu du poids des ans et du mal qui l'accable,
Un long siècle a courbé ses genoux chancelants,
Sur le sol paternel il se traîne à pas lents ;
La goutte aux doigts noueux, la gravelle mordante
Allument dans son sang une ardeur dévorante ;
Le spectacle des champs, pour lui jadis si beau,
N'est à ses yeux lassés qu'un informe tableau,
Et l'heure où je le vois est son heure dernière :
Mais Barthès qui paraît, ordonne qu'il espère,
Et, comme s'il avait, sur la vie et la mort,
Dans un sombre avenir, interrogé le sort :
« Calmez-vous, lui dit-il, oui, vous verrez encore
« Dans vos riants jardins luire plus d'une aurore »....
O prodige ! à ces mots, Léon est enchanté ;
Qu'importe en ce moment erreur ou vérité ?

Devant ses yeux surpris, de la douce Espérance,
De dégrés en dégrés s'étend la chaîne immense;
Il croit déjà revoir la nouvelle saison,
Et la blanche Aubépine, et la riche moisson,
Et les nombreux enfants des enfants de sa fille,
Et le Pasteur du lieu bénissant sa famille.
O vous, qui d'Epidaure encensez les autels!
Apprenez, jeune encore, à parler aux mortels
Ce langage touchant d'une simple éloquence,
Qui fait naître et nourrit cette douce Espérance,
Et sur de vains discours, sur de froids argumens,
N'allez point appuyer vos longs raisonnemens :
Près de vous la douleur est rarement muette,
Songez qu'il faut avoir l'oreille toujours prête
A l'entendre se plaindre; elle aime à discourir,
Et la bien écouter souvent c'est la guérir.
Voyez-vous ce mortel qu'un noir chagrin consume?
D'une trop longue vie il a bu l'amertume,
Les maux qu'il a soufferts, ceux qu'il craint de souffrir,
Tout semble, en ce moment, l'inviter à mourir;
Cependant il voudrait, cependant il espère
Encor de quelques ans prolonger sa carrière;
A vos soins généreux il vient se confier,
Pour lui le Médecin est l'univers entier.
Laissez, avec bonté, la plainte un peu farouche,
Les cris et les regrets s'échapper de sa bouche;

De votre art, vous dit-il, déployez les trésors;
Puis-je guérir? Faut-il descendre chez les morts?
Parlez.... mais dans vos traits il a cherché d'avance,
Si pour lui brille encore un rayon d'ESPÉRANCE :
Il observe de près, d'un regard inquiet,
Si vos yeux de votre ame ont trahi le secret.
Il faut alors, montrant l'intérêt le plus tendre,
Savoir tout recueillir, tout peser, tout entendre,
Rien n'est indifférent quand on parle au malheur;
Souvent un pli de rose offense la douleur,
Et, semblable à l'enfant qu'un léger bruit éveille,
Du malade qui souffre un mot blesse l'oreille.
 Dans un cœur abattu, pour ramener l'espoir,
Offrez-lui des tableaux qui puissent l'émouvoir.
DELILLE est dans son lit, accablé de tristesse,
En proie aux noirs soucis qu'amène la vieillesse;
Un éternel bandeau couvre et presse les yeux
De ce peintre enchanteur, du favori des Dieux,
Qui paraît effleurer, dans sa mélancolie,
Pour la dernière fois, la coupe de la vie :
A côté de son luth qui vous a tant charmé,
Vous le voyez rêveur et presque inanimé,
Appuyant sur ses mains sa tête languissante.
Pour réveiller ses sens, et sa muse expirante,
Parlez-lui de beaux vers, parlez-lui de Milton,
Et d'Ovide, et d'Horace, et sur-tout de Maron.

Dites-lui que Voltaire, écrivant à Delille,
Faisait rimer ce nom à celui de Virgile;
Alors vous entendrez le Poëte des champs,
De la tendre pitié réciter quelques chants,
Et pensant à l'auteur des douces Géorgiques,
Charmer ses longs ennuis sur ses pipeaux rustiques.
Mais voyons l'homme en butte à des maux plus affreux:
S'exilant à regret du toit de ses aïeux,
L'indigent quelquefois bien loin de sa famille,
Privé des soins touchants que lui rendait sa fille,
Dans ces lieux que fonda la sainte humanité,
Vient mendier son droit à l'hospitalité;
La pitié l'introduit dans ces humbles asiles
Que le pieux Vincent mit au sein de nos villes.
Dans ces réduits du pauvre, ah! que d'infortunés
Languiront bien long-temps, aux pleurs abandonnés!
Sans doute ils ont besoin, pour calmer leur souffrance,
De votre art, de vos soins, mais sur tout d'Espérance.
Sachez donc adoucir un sort trop rigoureux,
De la tendre pitié, que les accens heureux
De ce mortel qui dort, allant frapper l'oreille,
Le son de votre voix doucement le réveille!
Interrogez ses vœux, faites-lui toujours voir,
Dans un riant lointain, le bonheur et l'espoir,
Et, que sur ses chagrins dont le récit vous touche,
Des mots consolateurs sortent de votre bouche!

Tourné tantôt vers vous, et tantôt vers le ciel,
Vous verrez son regard implorer l'Éternel :
Sont front est plus serein, son œil devient moins sombre,
Et s'il n'a le bonheur, il en saisira l'ombre:
Ainsi, tout s'adoucit à la voix d'un ami;
Ainsi, la faible vigne embrasse son appui,
Et telle, dans nos champs, sur la terre embrasée,
Tombe en gouttes d'argent la céleste rosée.

CHARME heureux! charme pur d'un prestige flatteur,
Qui, de cet univers fait un monde enchanteur,
Qui, des faibles mortels, par de douces chimères,
Console l'infortune, allège les misères,
Et, sur l'homme qui souffre, exerçant son pouvoir,
Lui conserve la vie en lui donnant l'espoir!

FIN.

NOTES

DU DOCTEUR PETIT, DE LYON,

SUR L'ESPERANCE.

(*Page* 10, *lig.* 26.) .... Il faut faire parler son cœur,
Du bienfaisant espoir employer les mensonges,
Et, du mortel qui souffre embellir tous les songes.

Ce ne sont pas toujours les meilleurs raisonnemens, les idées les plus claires, les conséquences les plus justes qui sont propres à réveiller l'*Espérance.* J'ai vu les hommes les plus instruits d'ailleurs, dédaigner les conseils de l'expérience et du talent, pour se laisser toucher par les motifs les plus frivoles et les plus ridicules, que leur présentaient l'ignorance et la cupidité. J'en ai gémi; mais j'ai conçu cependant que puisque la raison ne s'adressait pas au cœur, elle pouvait ne pas suffire pour y placer l'*Espérance*; que ce sentiment qui y prend sa source veut plutôt être inspiré que prouvé, et que comme l'amour, comme la religion, sur-tout, il a besoin du mystère et du charme attachés aux promesses que l'on ne conçoit pas.

(*Page* 11, *l.* 9.) Sa patrie est le Ciel, son nom est l'ESPÉRANCE!

Il existe une *Espérance* vague, indéterminée, fruit de l'instinct ou de l'amour de la vie, dont on jouit sans la caresser, et qu'on trouve en soi sans la chercher, comme *Pandore* la trouva dans le fond de sa boîte fatale ; mais en général l'*Espérance* a besoin d'un motif ; elle s'y complaît, elle s'en nourrit, et s'identifie davantage avec l'ame qui l'a conçu. L'un espère dans sa jeunesse, l'autre dans la force de sa constitution. Celui-ci attend une crise heureuse de la nature, celui-là l'influence d'une saison plus propice. L'un croit trouver la fin de ses maux dans le fréquent changement de conseils et de remèdes, l'autre ne l'attend que de sa constance à suivre les avis du dépositaire de sa confiance. Il faut donc qu'un Médecin prudent établisse ses principaux moyens d'*Espérance* et de consolation dans la direction que l'ame de celui qui souffre paraît donner à ses vœux, car il est aisé de faire croire ce que l'on désire, et de charmer le malheur par le tableau d'un avenir dont lui-même à conçu l'idée.

(*Page* 11, *l.* 11.) Variant à son gré ses magiques effets,

L'*Espérance* est, comme la piété, un sentiment tendre et religieux que le ciel envoie au secours des infortunés, ou plutôt elle n'est que la piété même ; car sentir naître l'*Espérance* au milieu des plus grandes douleurs, et dans le sein des maux presque désespérés, c'est déjà élever son ame vers le Dieu qui les donne et qui seul a le pouvoir de nous en délivrer.

(*Page* 13, *l.* 3.) Il croit déjà revoir la nouvelle saison ,

Un des bienfaits du temps et des progrès de la vie, est de nous rendre sensibles aux charmes de l'*Espérance* ; elle nait pour nous quand notre raison déjà formée a pu se faire l'idée de Dieu, de l'avenir, et de notre destinée. L'enfant n'a pas le bonheur d'espérer: heureux par son défaut de prévoyance, il ne demande rien à un avenir qu'il ne connaît pas. Plein du sentiment de sa force, le jeune homme lui demande tout, et ne cesse jamais d'espérer. L'homme fait, ose douter de l'avenir et de lui; il a déjà vu les illusions détruites et les espérances trompées. Le vieillard n'espère plus; les forces qui soutiennent ce sentiment ne sont plus de son âge, et pour s'en consoler, il se jette dans le sein de l'imprévoyance, comme s'il allait recommencer la vie.

(*Page* 13, *l.* 21.) Cependant il voudrait, cependant il espère
Encor de quelques ans prolonger sa carrière.

Quelques soient les horribles douleurs que l'homme éprouve, il peut en espérer la fin, tant que l'art n'a pas avoué l'impuissance de ses ressources. Quand cet art vaincu les a épuisé toutes, quand il n'attend plus rien de lui, l'*Espérance* ne le quitte point encore, et le force à sourire à la pensée que ses douleurs, au moins, se calmeront dans le tombeau. L'espoir ne s'éloigne donc jamais de l'homme souffrant, et ce n'est que sur la porte d'un enfer que le *Dante* a pu inscrire ces mots : *Vous qui entrez ici, dépouillez-vous de toute Espérance.*

(*Page* 14, *l.* 3.) ..... Mais dans vos traits il a cherché d'avance,
Si pour lui brille encore un rayon d'ESPÉRANCE.

Il n'est pas vrai que l'*Espérance* soit le dernier sentiment qui se conserve dans le cœur de l'homme. Dans mille occasions elle nous quitte avant la fin de la vie; et que pourrait-il en rester au criminel que toutes les lois ont condamné, et dont l'heure du supplice est marquée ? Au Médecin instruit qui sent palpiter un anévrisme dans son sein ? Au centenaire épuisé qui compte le dernier jour du siècle qui s'achève? L'espoir de prolonger la vie n'existe plus pour eux ; mais ils sont pleins encore du désir d'en reculer le terme ; c'est donc ce désir, cet amour de la vie qui occupe la dernière pensée de l'homme, et l'*Espérance* est déjà loin de lui, que ses lèvres cherchent encore à toucher cette coupe de la vie, dans laquelle il se plaignait si souvent de boire avec amertume.

(*Page* 16, *l.* 9) Charme heureux ! charme pur d'un prestige flatteur,
Qui, de cet univers fait un monde enchanteur !

Voulez-vous un grand exemple de l'empire que peut exercer l'*Espérance* ? Voyez une mère courbée et veillant sur le berceau de douleur de son fils, indifférente à tout ce qui se passe autour d'elle, son ame concentrée sur cet objet chéri, ne sait plus qu'espérer et que craindre ; elle s'inquiète s'il ne dort pas, et cependant la durée de son repos l'épouvante ; il pâlit, elle craint ; il rougit, elle espère : un cris la déchire, un souris la console ; elle ne peut se dissimuler le danger où elle le voit ; mais elle embrasse toutes les espérances qu'on lui donne; l'accroissement de sa foiblesse, la décomposition de ses traits la font frémir, et elle se laisse séduire par l'espoir d'un nouveau remède, et elle répète cent fois qu'il y a bien de la vie cachée dans l'être qui la commence. A la pâleur de son front, à la sueur froide qui le couvre, elle oppose que son cœur palpite encore ; son bras qui tombe, sa paupière qui se ferme sont à ses yeux des mouvemens qui lui restent ; le froid qui le glace n'est que celui d'une défaillance ; elle croit le sentir réchauffé sur son sein ; on l'arrache malgré elle à cet objet inanimé, mais elle veut le revoir, car elle espère, elle espère encore......, tant il est difficile à une mère de croire à la fin d'une vie qu'elle a donnée, et de se souvenir qu'on ne peut la donner qu'une fois.

FIN DES NOTES.

LETTRE

DE

Mr. LE DOCTEUR GRASSI,

MEDECIN A BORDEAUX;

A Monsieur J.-M. Caillau.

Monsieur et Collègue,

Je vous remercie de l'envoi que vous avez bien voulu me faire de votre *Épître sur l'Espérance en médecine*; elle m'a fait le plus grand plaisir.

Vous y présentez, avec tout le charme de la poésie, de sages maximes qu'on devrait suivre plus souvent dans la pratique médicale.

Il semble qu'un grand nombre de ceux qui exercent cet art salutaire, ne voyant que solidisme ou humorisme, oublient la puissante influence du moral sur le physique des malades, et se privent, par là, d'une ressource précieuse pour leur guérison.

Parmi plusieurs faits marquans en ce genre, que j'ai eu occasion d'observer et de noter, je vous en transcris un des plus concluans avec la concision que comporte une lettre.

Mademoiselle ***, âgée de vingt-un ans, bien constituée et douée de beaucoup de sensibilité, joignait aux qualités du cœur et de l'esprit une éducation soignée.

Passionnée pour la lecture et le dessin, elle négligeait, peut-être trop, l'exercice si utile pour la conservation de la santé. La sienne qui s'était en général bien soutenue, commença vers la fin de sa vingtième année, à s'altérer de manière que cette jeune personne devint successivement mélancolique, languissante et valétudinaire.

Ses parens inquiets consultèrent leur Médecin, qui, attribuant ces changemens à trop d'application et à sa vie sédentaire, conseilla l'exercice du cheval et la distraction.

Nonobstant ces moyens, son état empira ; un rhume survenu à la suite de quelques jours froids, fut suffisant pour concentrer sur les poumons un désordre qui, jusqu'alors, n'avait été que général, et finit par présenter les apparences d'une affection organique.

Les parens alors justement alarmés de la longueur et des progrès de cet état maladif, contre lequel plusieurs moyens, sagement conseillés, avaient été employés sans succès, se décidèrent à conduire leur fille à Bordeaux, pour être confiée à mes soins.

Ce fut le 10 Mars 1787, que je vis, pour la première fois, cette intéressante Demoiselle chez sa tante, où elle demeurait.

Ne pouvant méconnaître le caractère d'une phthisie pulmonaire au premier degré, et en attendant que je pusse être mieux fixé sur l'ensemble de ses causes et de ses modifications, je lui apposai un traitement adoucissant.

Un mois de ce traitement, suivi avec exactitude, procura de l'amélioration; mais il s'en fallait encore bien, qu'on put être rassuré sur les suites, d'autant plus que je soupçonnais fortement qu'une cause morale n'était pas étrangère à cet état, malgré les réponses négatives qu'on avait faites à mes différentes questions à ce sujet.

Je fis part de mes soupçons à la tante, qui se chargea de les éclaircir, et peu de jours après, elle y réussit.

La nièce lui fit l'aveu qu'elle aimait depuis environ trois ans, un de ses parens, et qu'elle avait fait de vains efforts pour maîtriser sa passion, persuadée que depuis un procès d'intérêt, qui avait brouillé les deux familles, son père ne consentirait pas à cette alliance.

Dans cette perplexité, elle préféra rester seule dépositaire de son secret, jusqu'à ce que des circonstances plus favorables lui permissent de le dévoiler, ou que dans l'excès de ses maux elle trouvât un terme à son tourment.

Le mal n'était pas encore sans remède ; mais il était urgent de ne pas le différer, et les parens pouvaient seuls faire promptement cesser la cruelle incertitude qui faisait le malheur de la malade.

Instruits de ce qui se passait, ils hâtèrent leur arrivée à Bordeaux, et ne voyant que le danger qui menaçait les jours de leur fille, leur tendresse pour elle, les rendit empressés à lui porter des consolations, et à lui promettre qu'aussitôt que sa santé serait rétablie, ils employeraient des amis communs pour conclure ce mariage.

Cette scène attendrissante, dont je fus le témoin, et qui se passa dans la matinée du 28 Avril, pourrait me fournir le sujet d'un touchant épisode, si je ne devais, comme Médecin, borner ma narration aux simples faits qui intéressent l'art.

On n'avait négligé aucune des précautions convenables pour ménager la sensibilité de cette Demoiselle, et la préparer à cette entrevue, dont les conséquences pouvaient tant influer sur les résultats ; mais dans son état de faiblesse, il était impossible d'éviter le trouble nerveux qui fut extrême toute la journée, et dont les nuances diverses ne cessèrent vers le soir, que pour faire place à la fièvre.

Les frissons, préludes de cet accès, furent longs ; mais le chaud amena une moiteur générale, qui se soutint jusqu'au surlendemain au soir, qu'il se développa un nouvel accès, moins long et moins intense que le précédent.

Les paroxismes répétés en tierce (1), pendant douze fois, disparurent enfin complétement le 20 Mai, en laissant la malade dans un état d'amélioration sensible. Comme les accès allaient toujours en décroissant, et qu'à l'exception des trois premiers, les autres présentaient une intermission complète, sans symptômes alarmans, je crus devoir seulement modifier le régime diététique selon les circonstances, et laisser à la nature la conduite de cette révolution critique.

Cet heureux changement continua toujours en croissant, au point qu'elle put, vers la mi-Juin, com-

(1) Il régnait, à cette époque, beaucoup de fièvres-tierces printanières.

mencer des promenades en voiture, et prendre assez de forces pour aller, le mois suivant, respirer l'air de la campagne, et y faire de l'exercice à cheval.

Il ne subsistait plus alors d'autres symptômes de l'affection de poitrine, que de légers essouflemens, et des toux rares, suivies d'une facile expectoration muqueuse, qui se dissipèrent complétement à la longue.

L'état de santé de cette Demoiselle, et le retour de ses forces lui permettant de voyager, elle quitta Bordeaux, vers la fin d'Août, pour rejoindre sa famille, où plus d'un motif la rappelait.

L'équitation, et le lait d'anesse pendant une partie de l'automne, contribuèrent encore à consolider la cure, laquelle ne laissa plus rien à désirer que le mariage, qui eut lieu l'année suivante.

Cette Dame, très-recommandable, devenue mère de plusieurs enfans, vit encore, sans avoir éprouvé de nouvelles affections de poitrine; en passant sous silence son nom, je satisfais à la discrétion qui convient à un Médecin, et aux égards que je dois à une Dame respectable, qui veut bien me conserver un souvenir de gratitude.

L'influence puissante des passions dans la production et la guérison des maladies, n'est plus aujourd'hui un problême en médecine; la nier, serait donner de soi une mauvaise opinion; et si dans le cas présent, j'interrogeais des praticiens éclairés, je serais d'avance sûr de leur réponse :

Qu'est-ce qui a procuré cette maladie ?

Une passion contrariée.

Qu'est-ce qui l'a guérie ?

L'ESPERANCE.

Agréez, MONSIEUR et COLLÈGUE, l'expression de la considération distinguée avec laquelle j'ai l'honneur de vous saluer.

GRASSI, M. D.

A Bordeaux, le 3 *Juillet* 1811.

www.ingramcontent.com/pod-product-compliance
Ingram Content Group UK Ltd.
Pitfield, Milton Keynes, MK11 3LW, UK
UKHW022204190726
13855UKWH00004B/1610